李兵 著

风野集

陕西新华出版传媒集团
太白文艺出版社·西安

图书在版编目（CIP）数据

风野集 / 李兵著. -- 西安：太白文艺出版社，2022.3
ISBN 978-7-5513-2144-0

Ⅰ.①风… Ⅱ.①李… Ⅲ.①诗词－作品集－中国－当代 Ⅳ.①I227

中国版本图书馆CIP数据核字(2022)第026495号

风野集
FENG YE JI

作　　者	李　兵
责任编辑	杨德风
封面设计	张　旭
版式设计	张　旭
出版发行	陕西新华出版传媒集团 太白文艺出版社
经　　销	新华书店
印　　刷	南阳市双丰印务有限公司
开　　本	880mm×1230mm 1/32
字　　数	80千字
印　　张	4.75
版　　次	2022年3月第1版
印　　次	2022年3月第1次印刷
书　　号	ISBN 978-7-5513-2144-0
定　　价	58.00元

版权所有　翻印必究
如有印装质量问题，可寄出版社印制部调换
联系电话：029-81206800
出版社地址：西安市曲江新区登高路1388号（邮编：710061）
营销中心电话：029-87277748　029-87217872

序

诗词是汉字文化的特色之一，是阐述心灵的文学艺术。诗人、词人需要掌握成熟的艺术技巧，并严格按照韵律要求，用凝练的语言、绵密的章法、充沛的情感，以及丰富的意象来高度集中地表现社会生活和人类精神世界。

李兵先生曾经在多家 IT 公司担任总经理、副总经理等职务，因其杰出贡献还曾享受国务院政府特殊津贴。或许是因为骨子里的文人情怀，又或许是满腔的热情无处抒发，这位高级工程师深深热爱着读书写字，对中国古诗词有着浓厚的兴趣和情结。

李兵先生所著的这本《风野集》，收录其 300 余首诗词作品。李兵先生所著诗词题材多样，风格各异，其诗不失古风，又填新韵，或深刻，或飘逸，或直抒胸臆，或令人莞尔，无不丰富地展现着古典诗歌的艺术表现力，真真让人爱不释手。此外，这些诗词被作者按照时间顺序精心编排，在某种意义上记录了作者学习中国古诗词的心路历程。

《风野集》中的诗词，其内容、选材全部来源于

I

生活，每读一首诗，都能感觉到作者当时的心理状况，体会到作者其时的情感波动。《毛诗大序》言："诗者，志之所之也。在心为志，发言为诗。"南宋严羽《沧浪诗话》云："诗者，吟咏性情也。"即此也。

《风野集》汇聚李兵先生的心血，亦可见其才情之出众。其付梓出版，当为诗词爱好者之一大幸事。

是为序。

目 录

诗 歌 | 1

春 藏 | 3
赠女儿苦学无涯 | 3
学 书 难 | 3
寒阳摧花 | 4
自 解 | 4
心 结 | 4
幽 居 | 5
元月一日感新年 | 5
十 年 | 5
赠柠哥远赴他乡 | 6
痛惜三秋 | 6
寒晨独步 | 6
春 叹 | 7
醉 月 夜 | 7
跨年随喜 | 7
再游成都 | 8
思女儿跨洋游学 | 8

周末独居 | 8

中秋夜伴父亲于医院 | 9

秋夜思故友 | 9

八月十五思亲友 | 9

月湖偶遇平君有感 | 10

春雨夜思 | 10

闲　居 | 10

遥思女儿 | 11

送兄赴深圳 | 11

弃　玉 | 11

赤　日　赋 | 12

乡野寻酒香 | 12

清晨狂雨 | 13

京城月夜 | 13

望　湘　江 | 13

醉　言 | 14

浏阳河畔 | 14

独　酌 | 14

行　路　难 | 15

咏　怀 | 15

夏　趣 | 16

醉　扶　摇 | 16

酷暑清晨 | 16

离　愁 | 17

醉千杯 | 17

浏阳河岸晨跑 | 17

遥寄吾儿 | 18

落　蝉 | 18

梦回儿时栖凤渡 | 18

女　儿　行 | 19

中秋前夕夜宴 | 19

秋　荷 | 20

秋　惑 | 20

中秋月梦 | 20

中秋把酒寻月 | 21

过　堂 | 21

桂园晨香 | 22

游浏阳河 | 22

致女儿桃李年华日 | 22

重阳叹菊 | 23

邀饮新醅 | 23

听二胡 | 23

临王羲之《频有哀祸帖》有感 | 24

秋雨登杜甫江阁 | 24

III

秋雨咏史 | 24

秋晨起早 | 25

星城乍凉遥思女儿 | 25

立冬初阳自解 | 25

黄粱梦失 | 26

麓山早冬 | 26

冬夜喜迎潘、李二兄再饮 | 26

小雪月夜相思 | 27

清晨雾中临江 | 27

有朳之杜 | 27

圣诞节待女归家 | 28

冬寒有阳赠友 | 28

星城冬月两日三季 | 28

冬至老藤小院故友群聚 | 29

星城初雪 | 29

昨夜瑞雪 | 29

跨年抒怀 | 30

赏同学摄影小品有感 | 30

送爱女返校 | 30

离　别 | 31

冬　雾 | 31

水　仙　花 | 31

蜡　梅 | 32

星城冬雨 | 32

冬日暖阳 | 32

晚　归 | 33

湘江渔夫 | 33

叹　年　关 | 33

初一拜年 | 34

初一念女怜花 | 34

潇湘春惑 | 34

春　雨 | 35

倒　春　寒 | 35

书　香 | 35

星城连雨月余 | 36

雨水节气 | 36

墨　兰 | 36

无　题 | 37

今春初雷 | 37

无　缘 | 37

桃　花 | 38

有感于苏轼《临江仙》 | 38

雾中月湖 | 38

社日前祭仙父仙母 | 39

V

劲风春寒 | 39

春　叹 | 39

连日淫雨终放晴 | 40

酒悟半老翁 | 40

读李清照《浣溪沙·春景》有感 | 40

登岳麓与同僚山顶置酒 | 41

樟　树 | 42

三月三十一日与姐姐姐夫们归乡祭祖 | 42

望　春　江 | 43

神游月湖 | 43

浏阳河堤十公里晨跑 | 43

落　花　叹 | 44

五十感怀 | 44

登楼晨吟 | 45

春　满　园 | 45

送女赴日学习 | 45

鹧　鸪　词 | 46

闻友酒出不至 | 46

战　魂 | 46

好雨识君 | 47

咏　荷 | 47

感　怀 | 47

独　酌 | 48

赠友辞官 | 48

老骥伏枥 | 49

静　思 | 49

思女不得归 | 49

无奈无为 | 50

京城月影 | 50

无　语 | 50

隐　忧 | 51

午　思 | 51

湘江夜景 | 51

静夜也思 | 52

浏阳河边 | 52

秋　晨 | 52

梦　醒 | 53

吟《葛生》有感 | 53

静夜独酌 | 53

清晨遐思 | 54

木　槿　花 | 54

读《左传·介之推不言禄》有感 | 54

醉笑七夕 | 55

随遇而安 | 55

VII

自　嘲 | 55

寄湘江 | 56

今秋桂初香 | 56

寒门乐 | 57

醉知音 | 57

中秋感月 | 58

今夜又无月 | 58

庚子中秋忆父母 | 59

秋雨闲 | 59

神　游 | 60

秋　憾 | 60

二十年司庆 | 60

秋　晨 | 61

恍　惚 | 61

秋　趣 | 61

五龙潭 | 62

秋　惑 | 62

冬　望 | 62

落叶无声 | 63

忆　友 | 63

冬　园 | 63

心　原 | 64

避风独坐 | 64

兰　心 | 64

庭深雾重 | 65

感　遇 | 65

无　奈 | 65

夜　归 | 66

绣　娘 | 66

浏河原 | 66

初雪赋 | 67

冬至赋 | 67

水穷处识君 | 67

清晨临江 | 68

冬日暖阳 | 68

楼　宇 | 68

和王兄韵 | 69

昨夜惊风 | 69

元　旦 | 69

冬临湘江 | 70

小　寒 | 70

冷雨夜归 | 70

长沙初雪 | 71

冬　阳 | 71

冰雪张家界 | 71

寄柠兄 | 72

狂饮乘糯 | 72

夜　醉 | 72

晨　醮 | 73

落　叶 | 73

窗　外 | 73

和中住岳麓春 | 74

夜　饮 | 74

赋得结婚纪念之日 | 74

边　缘 | 75

除　夕 | 75

潇湘神 | 75

难　断 | 76

月　夜 | 76

浏河岸柳 | 76

玉兰花 | 77

春叹边关 | 77

金丝雀 | 77

春江愁 | 78

春　思 | 78

春　悔 | 78

春　盼 | 79

早　春 | 79

读永嘉四灵有感 | 80

春　惑 | 80

兴起友信 | 80

花　影 | 81

听　雨 | 81

赠　友 | 81

久雨初停 | 82

春　岸 | 82

登九仙山 | 82

皓月当空 | 83

感　时 | 83

清明归乡 | 83

风雨知春 | 84

春　意 | 84

春　雨 | 84

自　在 | 85

兰亭怀古 | 85

久别昆明 | 86

归家赏薇 | 86

谷雨知春 | 86

久雨月余 | 87

荷花木兰 | 87

九　春 | 87

野　趣 | 88

古　樽 | 88

余　悸 | 89

小 庆 幸 | 89

星城初夏 | 89

黄昏独坐 | 90

闺　愁 | 90

雨　城 | 90

岳麓一梦 | 91

芒种清晨 | 91

夏午闲坐 | 91

新得元代酒盏品赏 | 92

暑　午 | 92

老院青荷 | 92

梦　境 | 93

夏　晨 | 93

得盏底留书南宋瓷碗 | 93

大姐遥寄家乡柰李有怀 | 94

夜雨清晨 | 94

无　题 | 94

月　楼　思 | 95

神游湘水 | 95

咏　蝉 | 95

蔷薇枝头蔓凌霄 | 96

浏阳河岸柳 | 96

八一有怀 | 96

词　曲 | 97

渔　歌　子 | 99

渔　歌　子 | 99

思　帝　乡 | 99

长　相　思 | 100

定　风　波 | 100

菩　萨　蛮 | 101

菩　萨　蛮 | 101

清　平　乐 | 102

清　平　乐 | 102

清　平　乐 | 103

画　堂　春 | 103

宴桃源·乘糯 | 104

南　歌　子 | 104

兰　陵　王｜105

忆　江　南｜106

丑　奴　儿｜106

卜　算　子｜107

卜　算　子｜107

相　见　欢｜108

鹊桥仙·蜻蜓｜108

蝶　恋　花｜109

蝶　恋　花｜109

点　绛　唇｜110

青玉案·功迟宴｜110

念奴娇·井冈山｜111

少　年　游｜111

江　城　子｜112

天　净　沙｜112

别怨·老洪山桥爆破｜113

春光好·拜大年｜114

浪　淘　沙｜114

如梦令·元宵｜115

如梦令·惊蛰｜115

浣　溪　沙｜116

水调歌头·雨中江阁｜116

汉宫春｜117

留春令｜117

春光好｜118

饮马歌｜118

雨中花令｜119

眼儿媚｜119

踏青游｜120

伤春怨｜121

甘草子｜121

望江怨｜122

破阵子·忆童年栖凤渡｜122

破阵乐｜123

如梦令｜124

太常引｜124

虞美人·京戏｜125

虞美人｜125

醉花间｜126

醉太平｜126

采桑子｜127

风入松｜127

离愁｜128

春晓曲｜130

凭栏人 | 130
平湖乐 | 131

诗 歌

春 藏

云破阳出冬将尽,雾轻柳绿已成裳。

痴人却怨良辰早,梦里鸥鹭惊飞翔。

赠女儿苦学无涯

书山林寂道,学海苦作舟。

休问何时止,勤奋是尽头。

学 书 难

学书年三月,临池研墨频。

心有鸾翔舞,卷上凤翥飞。

墨檀香尽处,琴瑟皆开花。

何日龙蛇舞,池中字比沙。

寒阳摧花

梅开无雪似阳春,新蕾孕花媚暗陈。

且看山巅风雨聚,落英夜盼惜花人。

自　解

李桃芽瘦英铺地,才过春分草木青。

林重千丛藏密径,枝繁万蕾慢兴兵。

心　结

雨过窗寒烟未尽,弦新茶暖鸟啁鸣。

遐思一旦重加冠,悔问三秋总拒明。

无奈闲居日日空,岂能安逸年年平。

轻藏老泪凝春露,漫掩迷情尽苦吟。

幽 居

窗前环路噪,林内老庭闲。

墨沁檀茶润,心幽杏柳间。

元月一日感新年

雾淡晨阳寒气弱,叶黄枯木芽新发。

钟声零落陈年事,斗转星移又一程。

十 年

十年心怀凌云志,城外孤楼北向探。

数月踏冰西域北,千杯酒醉蜀川南。

金戈九将中原闹,铁骑三方岳麓眈。

路半长沙迁谪到,霜满两鬓心堪憾。

赠柠哥远赴他乡

桂生高岭香轻溢，莲没清塘品自张。

万盏千杯邀友晚，高谈阔论续晨光。

心知偶遇十年谊，心绪翻涌万里洋。

隔海莫忘湘北调，乡愁一杯挂念长。

痛惜三秋

庭落枯枝三暑漫，秋伤岁月几楼愁。

言欺挂印徒留客，可叹乌啼空泪流。

寒晨独步

寒梅吐蕾枝高傲，孤径含香迹深匿。

故景有情君不见，虚言无意莫摧折！

春 叹

春光乍现拒冬藏,晨露丝垂岂掩香。

破土新芽凭肆意,蹉跎岁月本如常。

醉 月 夜

月戏孤枝满地霜,风撩乱发叩心房。

多情笑我空悲叹,醉卧银光对影伤。

跨年随喜

今朝新岁东边起,昨夜寒江岁月流。

半百流影壶上尽,十年图锦梦中游。

高轩只叹差毫厘,华彩还存数日留。

老骥来年多勉力,煮浆再叙庆诸侯。

再游成都

音稀五载逍遥地,酒醉当年自在游。

旧事荒唐涌心头,今时回首亦堪情。

青天直上通湘蜀,蜀道不难列客卿。

相笑日暮何处去,酒旗路口一门丁。

思女儿跨洋游学

楼东生桂树,金绣染丝鬈。

一样齐眉舞,十八自窈窕。

日移花影冷,月剪桂枝妖。

桂蔼阴华盖,推门迎远娇。

周末独居

品烹茗香含墨韵,把盘玉润弄琴音。

《心经》一遍皆空寂,檀雾加身静凝香。

中秋夜伴父亲于医院

中秋抚榻邀明月，清光伴云慰父亲。

床前儿女心戚戚，良辰佳日步频频。

欲求银月留如意，可叹郴江弃自流。

敢请来年邀满月，寿桃亲捧献诸神。

秋夜思故友

寒露难压桂树黄，冷风未尽麓城香。

推门闭户随君意，豪饮千杯岂惧凉。

八月十五思亲友

南岳登高日，寒风秋树黄。

星城云海上，霞落染秋霜。

晨邀高朋聚，夜饮家宴香。

此皆昔岁景，此刻独饮觞。

月湖偶遇平君有感

碧湖映照柳花黄,晨起露含草木香。

一眼尽识十载后,千言难语数途长。

南山闻道终生益,湘院同行三夏昌。

若继平君南面客,何须北幔挂庭堂。

春雨夜思

湘雨初春夜,寒凝被衾冷。

寒冬湿漏彻,万户闭门多。

树浪推户牖,风号醒弥陀。

好时非好雨,岁晏怎鸣珂?

闲　居

楼外车马喧嚣,城中户牖独静。

一瓢一箪一晌,五柳诗佛半天。

遥思女儿

月桂时香近,娇儿音久渺。

怜颜惜稚气,应叹出苗早。

养桂亲耕作,谆谆执手教。

已知从此远,欣言展翅翱。

送兄赴深圳

即去三千里,卿急赴鹏程。

天台稍置酒,空盏满叮咛。

决策潇湘寓,迅达南粤陉。

三洲财气地,此去钵盆满。

弃 玉

本避高山深谷浴,切磋献世却无音。

十年弃置已失润,沁透尘丝片玉心。

赤日赋

赤日融天地，高云过远陂。

亭台成灶壁，草木尽焦灼。

冰纨汗已渍，箪瓢饮如馁。

烹茶三盏后，冥想坐幽坡。

天外清风度，周身沐静河。

忽临甘露境，无处不清波。

乡野寻酒香

彻夜舒风过，清晨细雨丝。

烟山村井早，素树晓鸡迟。

雀抖苔檐下，豕鼾草圈中。

谁家开酒窖，趋步讨香醴。

清晨狂雨

清晨狂雨作，云过闪电频。

好借苍天意，掩扉开筊堂。

临书摹晋帖，把剑较鱼肠。

诗罢推窗咏，自封拼命郎。

京城月夜

风高孤月静，声远凉蝉稀。

南夜窗前雨，妆颜泪迹遗。

望 湘 江

玉盘盛广厦，北水抱洲头。

碧绿分天际，轻云罩远楼。

绪风撩钓线，粼皱逗渔舟。

岸渡遥相对，中流击水休。

醉　言

北庭南苑时时坐，蝶舞蝉歌日日频。

落叶临风秋日短，旧舟弃岸累年新。

衰儒半老空留籍，玉笏东山总破因。

暮近残阳思胜火，枯逢甘露时对春。

浏阳河畔

格桑杂彩铺河岸，杨柳舒枝抚绿痕。

坐对矶台垂钓客，风催霞影弄归心。

独　酌

江汀闲晚步，野肆斟醅酪。

归燕穿霞迹，牛铛奏径音。

沧洲非本意，偏喜闹中坐。

何可加轩冕，聊以慰我心。

行 路 难

平地蒸溽暑,汗衣复透湿。

漏天倾恶雨,重履陷深泥。

对酒叹运舛,前途岂无堪。

是非皆过往,成败酒中论。

心动鸿鹄志,时艰只影单。

逸情山水间,忍性几人欢。

人亦非石木,略无惧残意。

糊涂休再辩,当下立得安。

咏 怀

闲常多散智,绪乱更虚谋。

不计当年勇,休言后日忧。

哀雁归有字,人老莫孤愁。

此界逢人事,识秋莫怨秋。

夏　趣

高树蝉声和,凉楼独坐中。

童嬉窗外日,振翼柳中鸣。

两妇牵绳索,争相晒褥衾。

岂知阳过午,雨聚远山云。

醉 扶 摇

慷慨高歌日,扬眉举酒时。

千杯何所惧,可叹扶摇迟。

酷暑清晨

烈日蒸青绿,丝云挂碧空。

清风花架下,暑气不相同。

灵犬惺忪眼,慵龟半醒瞳。

执帚汗如雨,洒扫净穹庭。

离　愁

回头忧顾阑干影，雏凤孤翱万里邦。

借我今秋初江月，银光离离玉人窗。

醉　千　杯

日巡千遍酒，夜醉五年痴。

少时愁虚瘦，霜丝渐落时。

直钩垂钓客，渭水遇良知。

杯酒寻何物，空盏仅有诗。

浏阳河岸晨跑

初阳破晓半天红，早燕翻飞穿杨柳。

轻踏长堤惊夏梦，汗浃裳裤如凝火。

遥寄吾儿

皇室山边锦梦幽,湘江河岸子规愁。

欲托明月青天透,云淡风轻梦悠扬。

落 蝉

秋霜摧残翼,枯叶盖弃壳。

曾自鸣高树,尽言八载嘖。

梦回儿时栖凤渡

斜阳墟远落,牛背牧童归。

渠水涤鞋垢,炊烟识户扉。

灿颜舒臂笑,灵眸挑眉动。

巷陌黄灯渺,新醅共醉饮。

女 儿 行

惜别闺中静,空坐复忧心。

万水舟难渡,千山雁不休。

信知独至苦,虫豸哺儿柔。

幼吾掌中玉,无怪父有愁。

执着书卷里,交游更广阔。

慈愿生灵护,克情食素馐。

居家常悸悸,盼讯情切切。

忍心驱儿往,植桂且举觞。

只待儿加冠,归庭满秋香。

中秋前夕夜宴

葡萄美酒留佳客,月饼秋蟹聚众英。

骤雨难泯巾帼梦,清风满绕少年诚。

珍馐火鼎蒸良策,妙想高谈共嘉声。

曲客千杯争揽月,银披清光几多程。

秋 荷

荷乱波澄矶总在,花残叶影曲还同。

二三赏客携手游,孤叟枯茎相钓中。

秋 惑

秋霜夜降满林涂,遍地金黄似旧丰。

鸦雀枝头争落日,猢狲堂上观苍穹。

白鸥一跃青天上,深涧千流万象通。

只叹丰登红叶月,丹心自隐事皆空。

中秋月梦

高卧冷风凉,孤杯月影苍。

疑思梦里月,相对共饮觞。

中秋把酒寻月

把酒寻明月,明月在谁家?

风过灯月没,空盏影长横。

兔捣相思药,娇娥戏语谑。

月驻我且问,离苦奈与何?

虽有家乡月,灯残闭户扉。

月华临万里,妃子亦轻肥。

岁岁形相近,年年事已非。

不妨千盏醉,何必自相违。

过 堂

堂前惊四壁,笔墨窥珠帘。

玉手葵花点,虚心雾水氤。

桂园晨香

金银桂蕾满园香,蝶戏蜂舞采蜜忙。

三五成群麻将汉,东奔西撞小儿郎。

游浏阳河

夕照送秋风,湾重九曲回。

炊烟争唱彻,落桨醉渔翁。

致女儿桃李年华日

金秋红叶月,桃李正当年。

卓惠通灵气,玲珑更绰约。

及笄发善愿,异日图扶摇。

四载学子涯,芳华奋翩跹。

重阳叹菊

九九登高再无花,玲珑香阵饰野家。

陶公独爱栽篱下,岁岁新醅弃酒渣。

邀饮新醅

信告稻花黄,图宣酿灶香。

微酡昨夜色,醅酒载舟忙。

听 二 胡

清夜秋风絮,孰邻同月霜。

满楼玉珠落,落地坠成伤。

临王羲之《频有哀祸帖》有感

频遭哀祸悲摧切,独守慈心可奈何。

割舍自然成空寂,纠而不断远弥陀。

秋雨登杜甫江阁

秋风一夜吹潇湘,落叶无声透古墙。

乱雨幕成时骤降,稚鸦群聚片难翔。

江楼粉壁忧诗在,筒瓦飞檐病舸丧。

鬓有银丝难着履,登楼愧拜对篇章。

秋雨咏史

细雨无声漏落轻,隔窗难掩雀争鸣。

横书闲倚林烟秀,论史空留酒色笙。

秋晨起早

霞映苍天火，杏落霜地黄。

清晨凝圣露，岁月讵能伤？

星城乍凉遥思女儿

星城一夜飒风凉，湘水三洲草木荒。

落叶频催冬月近，寒气忽侵觅衣裳。

斜阳淡色江南暮，骤雪凌寒蒙市苍。

遥寄暖思甜梦里，香鼾含笑漫闺床。

立冬初阳自解

开冬阳暖沾衣客，老院楼轻弃置身。

廿载空思湘麓梦，浮生竟似烂柯人。

庭深旧树千莺落，岁老凡心万念嗔。

何不扁舟潇洒去，诗书杯酒醉华年。

黄粱梦失

檐滴轻数漏,杂雀透寒窗。

一枕黄粱梦,三思岁月降。

麓山早冬

十月绵绵湿万户,九街肃肃静星沙。

霜毡麓草通幽径,雨幕湘江若网纱。

偶步烟林如幻境,席听黄叶若飞花。

朦胧遥见门楼景,招手还邀入酒家。

冬夜喜迎潘、李二兄再饮

冬雨寒窗外,黄灯暖客阶。

原浆杯壁挂,脆鲵鼎中排。

昨夜千杯尽,今宵数友怀。

风寒催快马,但闻劝酒频。

小雪月夜相思

遥思凝小雪,月满挂中天。

举步清风外,何不影两边?

清晨雾中临江

寒晨阻夜会临湘,屈子吟骚幻鼓簧。

素岸萋萋枯柳绿,烟波渺渺乱荷黄。

足边瑟缩忧惊客,眼外轻舟落朽樯。

只叹迷途多异路,焉知旷水向何方。

有秋之杜

棠梨生道左,秋果已结浆。

实叶疏肝火,根皮理金创。

花开花落寂,客走客留香。

含醉思君子,孤贫应自伤。

圣诞节待女归家

西海音书至,今冬稚雁归。

明堂杉彩早,日怨漏壶微。

冬寒有阳赠友

柳丽依依水云间,杉兵默默立苍黄。

空思会有穷枯日,梦境时临破碎伤。

苦燕啄泥寒舍立,痴朋奋袖排舟障。

何须再锁眉头渡,笃定豪情乐未央。

星城冬月两日三季

天边问冷云遮日,昨日阳春化作秋。

雾透凉风还旧境,枝枯落木诉冬愁。

冬至老藤小院故友群聚

冬至初阳伏,星城润雨追。

经年常濩落,末岁弃悲摧。

雾岸怀舒柳,老藤斟酱醅。

十冬寒邪去,温故岂停杯。

星城初雪

风吹寒信雨摧枝,雾布周天雪消时。

两两三三羞粉面,星星点点落院庭。

朱门闭户烦衣重,碧玉轻裘作雪痴。

天地同云风阵阵,丰年瑞雪庆迟迟。

昨夜瑞雪

华光雪信透窗来,素树银花陡夜开。

谁家犬吠嬉雪阵,红裙照剩一枝梅。

跨年抒怀

九曲吟怀怜爱意,柴门畅饮叙情声。

迎风玉树寒窗冷,旺火清锅甘旨烹。

半百痴人怜旧岁,青葱爱女起新程。

微醺酿造齐家味,不怕千山远路程。

赏同学摄影小品有感

雪信藏新绿,老墙怀嫩心。

孤枝寒陋砌,律吕细微寻。

送爱女返校

天地同灰心褪色,黄花一泣恨申东。

隔山万里千山在,渡水千层万水中。

爱女海外求物术,慈耕南亩筑安篷。

言亲意励怜相送,一叶孤帆影已穷。

离　别

夜半孤车返，余香影落尘。

日日勤翻历，夜夜盼归人。

冬　雾

林烟沉暮色，归鸟偶鸣惶。

目尽楼前远，心藏鬓上霜。

水 仙 花

凌波侧目盘中影，簇比含苞水上翩。

素面纤腰凝翠韵，轻英黄蕊秀鹅看。

仙姬何故贪尘事，君子闲来赠玉盘。

客落俗家妆净雪，洁风傲骨扫庭寒。

蜡　梅

梅开寒雨夜，人过沾衣香。

华盛阳春艳，英凋蜡瓣亡。

寻寻诗后影，淡淡忆幽芳。

早秀残冬景，孤妆忧客伤。

星城冬雨

竹楼观雨窗花满，高树垂绦落水沉。

老巷寒阶流水路，柴门盼归细倾听。

冬日暖阳

日照寒窗画景墙，庭生轻雾绕梅香。

暖阳拂面悠然寐，翘首听风畅举觞。

晚 归

华灯悬暮雾,铁马渡红流。

辅策归家晚,倚窗待粥稠。

湘江渔夫

湘江雾罩水漫寒,静岸渔舟夜落竿。

月下孤灯思入梦,清晨挑客设鲜摊。

叹 年 关

年尽将春心寥落,墨干落笔事相违。

空谈自笑多零落,镜里叹霜镜外非。

初一拜年

夜来喜雨洗年尘,爆竹开花己亥晨。

饮罢甜茶开敞户,共庆新年笑语欢。

初一念女怜花

雪润春庭艳,门开满户香。

孤藏枝下影,怜爱雾中芳。

万里思儿意,戚戚心怀伤。

移花种闺秀,唯愿女儿康。

潇湘春惑

昨日高阳今日雨,潇湘雾漫乱星君。

楚天莫测春之步,柳旧芽新岂可分。

春 雨

细见丝丝雨,但闻檐漏稀。

隔窗念路冷,远巷有人归。

柳暗飘枝瘦,雀依迷眼肥。

晨曦温椒酒,春雨润心扉。

倒 春 寒

春步迟迟地满霜,户门寂寂巷深长。

残冬未雪纷纷雨,才绿新芽瑟瑟伤。

书 香

春寒闭户躲书斋,窗外桃花一树开。

半盏柔茶临化境,翩翩君子乘香来。

星城连雨月余

累日晨烟幕,向晚夜雨蒙。

墙潮窗冷透,不绝漏檐声。

雨水节气

连日烟云遮望眼,迎春好雨太多情。

千楼万幢轻颜色,蔽日浮云乱鸟鸣。

眼见天开淫雨细,闻听雨重弱阳惊。

时临雨水行天道,心有阳春三月晴。

墨 兰

怜香惊晓梦,群秀一枝奇。

绿带藏风骨,纱衣现巧丝。

幽芳寒雨日,破土累年迟。

落户成君子,山溪本圣姬。

无　题

云断窗前雨，庭春院里寒。

楼高皆是客，思远莫贪欢。

独自悲霜发，多情梦北銮。

落花流水去，纸上绘平安。

今春初雷

云上春雷动，风频云滚猖。

树临窗外雨，左右似书狂。

无　缘

幽境奇华悬妙界，飞升缘在一时癫。

深蓝亮紫须臾进，俗世虚空万念偏。

本可逍遥翻旧事，奈何负累重青天。

凡花逞艳当季开，蓍草哪能近上仙。

桃 花

艳艳桃红春色改,霏霏淫雨润花枝,

微羞弱日涂颜色,半躲浮云捋素丝。

雀戏兰亭终有客,风侵岸柳尚无人。

早花秀尽良辰里,万绿丛中岂可期。

有感于苏轼《临江仙》

东坡夜饮临江醉,倚杖归家也若癫。

同恨此身非我有,夜阑风静梦游仙。

雾中月湖

踏雾迷幽境,湖边径入山。

烟浮矶岸柳,亭锁水云间。

渚岸桃花映,鸳鸯玉掌闲。

岂非尘世路,缘此入琅嬛。

社日前祭仙父仙母

雨幕黄花迟社路,迷茫归客乱乡炊。

六年慈母留河望,两载痴父乘鹤追。

二老立家终有乐,三亲相念亦难支。

半生依赖半生远,半老齐家半老悲。

劲风春寒

嫩柳乱枝风劲度,满塘新皱落花秋。

春衣不掩人娇瘦,急雨更催俗事休。

春 叹

春阳只看京城照,连日阴霾湘水平。

暴雨摧花天褪色,劲风入宿夜颇凉。

可怜泥巷黄灯闪,最好酒家梨窖酿。

老汉空闲怀日漏,谁寻屏翳送迷汤。

连日淫雨终放晴

淫雨轻狂红落惨,轻阳小艳柳羞疑。

春光已始休言怕,万物欲兴何道迟。

酒悟半老翁

腊月六仙斗年酒,桃春夜醉剩空觞。

佳肴戏笑六双箸,美酒香逼三碗汤。

冬去春来才三月,一伤两病有几康?

凡心俗事神仙老,心旷身勤何可伤。

读李清照《浣溪沙·春景》有感

老院春沉因雨重,倚楼赏赋理遐思。

梨花欲谢无风过,远岫轻烟雾散时。

登岳麓与同僚山顶置酒

春阳登岳麓，嬉簇携陈浆。

步紧七盘道，汗息云雾庄。

群英闹翠林，靓影艳夕阳。

山晚汗衣透，风凉醇酒香。

鱼鲜米熟铺，美女俊男场。

济济五桌满，戏喧各成帮。

坐庄轮敬酒，执盏满巡堂。

隔壁三瓶落，老翁已微醺。

红颊开口赋，醉眼寻手弦。

投箸星头晚，乘风月下凉。

八仙云上步，喜笑满空岗。

沐浴春山露，收帆顺水扬。

樟　树

黑云作幕描新绿，暴雨摧枯浴旧泥。

满地落黄春露祭，高枝沉翠夏风栖。

三月三十一日与姐姐姐夫们归乡祭祖

阴晨云欲雨，再聚近清明。

姊婿驱车早，纸钱装袋盈。

沟渠穿小径，田埂露丛茎。

天命花甲叟，相扶祭奠行。

归乡岗脚寨，寻祖栖河浜。

红辣鱼香粉，油酥萝卜丁。

口品故乡味，心念家姐情。

借雨临别密，挥手泪纵横。

望春江

雾轻初日桃花岸,白鹭孤舟影半弯。

江上何人流水意,岸边何处感时凊。

江流有意奔无际,尘世无心行且艰。

何不随心过江境,无须彼岸只东山。

神游月湖

清晨踏露心神逸,趺坐虚游月水荷。

湖岸波凌芦苇剑,初阳霞霰野莎坡。

舒芽嫩艳红花木,镜水柔拂杨柳婆。

白鹭悠然随鲤戏,绿鸭惊破一行波。

浏阳河堤十公里晨跑

长堤廿里柳花道,晨鹭迎风白水漂。

最喜道头回首处,金巢孵卵是初娇。

落 花 叹

蕾妒繁星落梢头，惜辞三日索芳幽。

空枝无奈狂风虐，泪洒红纱换绿绸。

五十感怀

三更窗上心凌乱，独步登楼听远吹。

拂手清风霜鬓冷，颦眉暗月墨云追。

半生俯仰知天命，半月圆缺忧浩宇。

又见残钩半月近，岂知满月半圆施。

十年少壮鸿鹄志，廿载浮沉野风知。

半老也当童蒙计，半生做就诗书痴。

云车风马逍遥意，兰野玉山自在持。

何必采薇西山匿，人前处处子渊思。

登楼晨吟

狂雨催醒早不同,云开雾净洗花红。

楼台香落群蜂舞,絮絮莺啼絮絮翁。

春 满 园

谷雨刚晴春未尽,夏衣还皱汗徐垂。

满城春景无踪迹,陋室春华却正时。

粉翠含香蔷蔓刺,金银织锦忍冬枝。

灵龟探眼疑时令,何为今春那样迟?

送女赴日学习

楚地霞辉里,蒙村时夜迟。

思亲灯比月,盼女望月痴。

家桂香三载,客期月数时。

匆匆黄浦泪,翘首望东瀛。

鹧鸪词

初阳破雾燃湘水，晨风拂柳扰鹧鸪。

二女目含花竹泪，三闾矶坠鹧鸪鸣。

潺潺湘水从何始，咕咕怀南为孰呼？

多少幽思愁岸客，过岗涉水不归殊。

闻友酒出不至

闻道滩头灶酒香，连绵梅雨九湾泱。

顶风难渡浏阳水，憾卧搔头借曲浆。

战 魂

狼烟凌广厦，华老柱国门。

累岁潜心度，今天岂可冤。

散沙唯顺受，墙草两头奔。

血气凝英魄，欣为华夏魂。

好雨识君

好雨怜君意，翻云烈日阴。

风徐江畔道，雨瀑榭边浔。

再饮归家晚，才瞧落雨深。

润酥青草路，净透敝庐林。

咏　荷

兀自冬枯废满塘，陶然夏丽郁栏坊。

烈阳更映油油绿，暴雨尤清品品芳。

入画无须垂钓客，弄姿未必太极郎。

烦心琐事何须愁，一桨轻扬水永常。

感　怀

春雷彻夜何凌厉，芊绵清晨倍浸淫。

乱点朱蕤楼间绿，昔华摇落总无心。

独 酌

午休小暑雨轻狂,独享甘霖舌上浆。

冲顶扶摇多芥末,昏沉漫步再觞酌。

光阴不逝平常客,霜鬓何愁半百郎。

听雨闻风思寂寞,一桄满口品沧桑。

赠友辞官

乾坤何浩荡,景秀岂蒙羞。

曾列堂前士,终归柳下舟。

峨峨楼险筑,辈辈梦悠游。

本拒攀龙客,虚言讵可求。

闾阎休太晚,阔步过许由。

书透凡尘纸,琴挑瀚水流。

老骥伏枥

海天一道同风雨,苦辣并肩养众葩。

休问廉颇能饭否,无须霜鬓定归家。

静　思

清寒城北鸟鸣稀,风树窗前独坐微。

眉锁难开湘麓事,遥敲细计圩中机。

思女不得归

浮云叠嶂千里目,沧海翻腾九回肠。

更恶瘟神淫日月,直停竹鹊笑姬郎。

愁眉不展辛酸泪,孤梦难平少年怅。

佛若可求明顿悟,化为千像解周章。

无奈无为

孔君常说道，董仲乐琴图。

节气云天外，衣粮稼穑殊。

山川本清晏，日月待屠苏。

徐徐徒步游，空心抱玉壶。

京城月影

鳜鱼煮酒京城聚，独步微醺节气墙。

月影随人墙上度，时空更替太无常。

来来往往堂前客，雨雨风风海上樯。

欲借诗仙邀月醉，回头对影叹他乡。

无 语

翘首南山岳麓宫，玉兰路上紫城空。

浮沉潜跃凭人语，一夜官宣云雾中。

隐 忧

隐忆曾惊处，娇怜再度时。

云飞空可待，蝉啸永无知。

日迫林风炙，窗凝镜目痴。

忧思何略减，安返见芳姿？

午 思

午蝉时断续，天湛有丝云。

暑落梢头绿，笔流闲散文。

湘江夜景
（有感于朋友摄影作品）

彩岸金桥临水望，湘江满月探城娇。

谁言酷暑人难寐，半夜风光妒玉霄。

静夜也思
（写在庚子年六月十四，百年六遇之月圆夜）

诗仙遗恨黄鹤楼，作狎半生鹦鹉洲。

风野可怜月无色，每逢月望静思乡。

浏阳河边

水泄沙洲绿，林楼相映殊。

幽矶垂钓客，静水待渔鸬。

习夏长汀落，喜秋江渚胕。

年年何荡荡，岁岁更徒然。

秋　晨

夜雨秋风侵北牖，朝蝉倦鸟叫西楼。

我挑残叶叹时移，树摆新枝笑我痴。

梦 醒

晓梦蝉声乱,夜虚犹未醒。

泽昏潜虺匿,丘险浮云萦。

乐有期而慕,悲空想更惊。

无心杨柳静,情寂暗波平。

吟《葛生》有感

葛生蒙楚蔓于野,予美亡之孰可怜?

衾枕灿华旁空落,闺窗冷静自难眠。

冬宵独旦消寒岁,夏日孤房守炎年。

百岁之期千载誓,此时愿枕共九泉。

静夜独酌

夜静浮云散,风清流月明。

杯空墙上影,心远醉仙惊。

清晨遐思

弯月顶空初日丽,清风拂面早晨兴。

遐思轻步长堤众,偶听鸟鸣草岸芬。

斜透霞辉蜓翅秀,穿行桥头车马勤。

众生芸芸各有道,俯仰观心洞见明。

木 槿 花

槿花开道左,粲粲赶阳人。

五柳怜凋暮,诗仙叹耀晨。

瘠贫仍自艳,寒暑亦无嗔。

长短终生度,何须恨落尘。

读《左传·介之推不言禄》有感

之推不及禄,己力谓天功。

与母偕归隐,文身言亦穷。

醉笑七夕

七夕浮云重,神人银汉边。

你为河岸汉,我做盏中仙。

本是池中物,非为云上癫。

荷担追鹊尾,未必就登天。

随遇而安

世事无常欲问谁,贪心执念总相随。

临风长啸随风至,对月举觞伴月时。

秋水扬舟成逸叟,春花落泪做情痴。

自然行至水穷处,但坐观云咏素诗。

自　嘲

回首卅年残独往,心存胜事细思空。

常嗟伯乐当世无,终叹愚夫比玉骢。

寄湘江

常叹缘何在，身之不入门。

廿年无旧识，半老剩前恩。

欲弃归农圃，羞怀去老园。

目随湘水去，无字复无言。

今秋桂初香

细雨清风落桂香，星城秋早刹还凉。

停书细扫阶前叶，净盏恭承月下霜。

渴待佳期仙露酿，浅醺望日桂花浆。

人间四季无穷趣，八姐何须数载忙。

寒门乐

宿雨清寒早,灯张各自谐。

炊香飘厨灶,诗咏读书斋。

晨紧公差继,昏至酒菜排。

微醺霞染颊,余庆暖门扉。

醉知音

近和五音听旧曲,遥传巧妇酿新醅。

北轩高幄何时秀,东阁重门几日开?

忾忾怕消三载火,昏昏待扫数年灰。

酣然任老生华发,待子期来空酒杯。

中秋感月

寒雨知时日,清风送暖晨。

怀秋邀满月,踏桂有嘉宾。

每岁同余庆,经年笑往勤。

人随孤月老,继照往来人。

今夜又无月

昔人喜月常悲月,任性诗书月影分。

今月猜圆云作幕,中秋赏月意为文。

刀叉作罢留残饼,茶酒余温剩醉群。

陡记去年寻月夜,为何月照忘痴君?

庚子中秋忆父母

一夜寒风清素早,满头霜发忆椿萱。

年轻远仕常邀友,岁老还家失慈严。

今宵赏月感寂寥,往秋彻夜总嫌喧。

吟诗作罢徒留憾,长伴双亲空许诺。

秋 雨 闲

漫天淫雨透,檐滴叩窗寒。

却步门风口,回身添香檀。

书停三页史,犬对两声鼾。

借咏《闲居赋》,偷言愧晋潘。

神 游

昨夜乘槎客,凌晨越冠山。

山嶙云荡荡,雾漫水潺潺。

隐隐微飘霰,锵锵偶啭啼。

疑开桃源径,鸡犬吠林间。

秋 憾

拂尘又取旧冬袍,伤感初春宴新醪。

秋雨一窗年将尽,明镜白发半生劳。

二十年司庆

廿年倏回首,半生不嫌悭。

同侪惊霜发,孤鸾愧镜颜。

来来如昨日,往往只当间。

宠辱无身寄,逍遥岂惧艰。

秋　晨

雨轻露重木烟萝，鸟远柳残风细嗟。

一敞微波遥渚岸，千寻薄雾漫秋荷。

此情梦里休言少，此景尘间乞望多。

浊浪逐流东逝水，任由幻境烂樵柯。

恍　惚

须臾清欢须臾享，半景幽情半景娱。

无意存心之妙处，微云蔽缕念桐语。

秋　趣

寒雨初霁悦景斓，性随酣畅访秋山。

水流无意招林静，花落有心探客闲。

缘去缘来缘自在，道中道外道自然。

何须半盏残幽影，混沌人世痴笑间。

五 龙 潭

万里凌霄藏锦绣,五龙潜跃上巍峨。

飞流九转迎仙女,泻落千寻愧汉河。

谷径幽幽腾烟雾,溪岩荡荡汇潭波。

龙潭莫测休言怯,雾尽峰奇任劲歌。

秋 惑

阳摇桌上影,风把树枯音。

字里山水远,思缠半惑心。

冬 望

一夜风凄木落虚,尾秋九彩素还余。

山重默默撑云幕,湾曲深深缀散樗。

近水楼台空望雁,横帆棹桨久无鱼。

此情最和三间赋,此景争容太白驴。

落叶无声

凉风簌簌初冬雨,残叶纷纷此间愁。

天地一游皆逆旅,光阴百载亦蜉蝣。

千帆过尽还须忍,一任清闲事尽休。

落尽繁华时有序,机关怎解梦中忧。

忆　友

江北雁呼风雪寒,潇湘雨过意阑珊。

窗飘落叶窥寥寞,阁暖沉香忆旧欢。

冬　园

年终心未复,绪乱望冬园。

霞光漫天落,归途有余暖。

心　原

絮絮雨重天幕远，幽幽林深卧孤雁。

浮风漫扫遍天叶，乱草枯枝生寒烟。

避风独坐

菊花摇曳在楼头，寒雀扑棱牖上啾。

家犬伏窝忪眼望，暖香孤对叶残秋。

兰　心

兰叶隐清渠，临春俏自舒。

剑心常若碧，馥郁更如初。

身立寒家土，根残腐木淤。

若缘君子顾，亦可香陋屋。

庭深雾重

人忧云气重,庭寂鸟鸣穷。

山下风忽起,缘何弄转蓬?

感 遇

老桂经冬绿气发,而今谁记中秋花。

莫道君子兴桃李,花落春风到谁家。

无 奈

万般皆过往,眼下落穷途。

俗事牵黎首,举觞聊解愁。

夜　归

淡墨白描山雾远，黄灯斜映路尘微。

车马浮影城尤寂，多少围窗望夜归。

绣　娘

绿袖翻云汉，纤指描岫山。

山川锦上绣，胜景饰年关。

浏河原

黄鸟争飞岸柳边，白茅摇叹雾原前。

今闻雪落浏河畔，一片苍茫又一年。

初 雪 赋

雪透晨心思尽湿,风侵窗缝扣难持。

林幽簌簌烦冰冻,鸟稚啾啾赖母慈。

总叹南方无瑞雪,岂知瑞雪历寒时。

如需傲骨梅松赋,先把寒泥写就诗。

冬 至 赋

数九寒冬喜沐阳,晨昏江岸忘凝霜。

白茅霰闪莺飞乱,绿水清流鹭成行。

半大顽童学犬吠,谁家厨灶飘饺香。

年年将尽有所归,岁岁开宴庆安康。

水穷处识君

水穷斗酒始知君,云起丝语傲群雄。

千里东风谋上策,廿年南雁望初昕。

清晨临江

寒柳临岸早,暖阳卧巢曦。

群雀争枯榉,孤杆钓旱陂。

晨露甘若醴,夜梦醉如醵。

自尔神仙顾,何须愁鬓丝。

冬日暖阳

苇扫闲空碧,阳舒蓼径静。

神随湘水远,儿戏犬声惗。

随性须臾日,悠哉且怡情。

片刻冬阳暖,暂忘风雪近。

楼　宇

窗前风急叶纷飞,草木无依欲入闱。

纷纷楼前神志忑,年关长夜盼熹微。

和王兄韵

湘江北去何处归，岳麓阴霾屡自凉。

休惧楚狂风再起，背南整顿束戎装。

昨夜惊风

一夜惊风扫落枝，半窗寒意待阳时。

清茶不解三更酒，宿梦还须五更知。

元　旦

芦花熠熠敬初阳，牛岁锵锵却旧霜。

喜鹊徘徊似相问，屠苏香自孰家庄？

冬临湘江

寒流横扫湘江岸,一笔舒毫水墨张。

谁点绯红惊望眼,清风似藏耐冬香。

小 寒

东来西往事阑珊,数载徘徊又小寒。

雾里浊风今犹在,湘江浪逐钓鱼滩。

冷雨夜归

车马行人共在途,雾重日暮道壅殊。

唯恐夜深窗棂冷,冷雨凄风归家误。

长沙初雪

雪来迎面如胡沙,整夜寒风扫落尘。

欲赏清洁飘絮景,飞花过眼雪无痕。

冬　阳

最喜冬晨熠熠阳,轻推户牖丝丝香。

天边一线寒云淡,河岸三层雾气泱。

步履轻扬追梦紧,神情高亢任心狂。

人生起落无定数,顺逆何须对酒伤。

冰雪张家界
(有感于朋友张家界冰雪摄影作品)

冰峰万丈破九天,雾绕云蒸逍遥间。

咫尺可攀阖闾主,琼浆痛饮醉霄汉。

寄柠兄

君行过岭南,湘水随梦远。
布锦虽分明,粗醅任共酬。

狂饮乘糯

酒尽瓶再空,意在更无穷。
路远情难抑,开瓶换大盅。

夜 醉

举杯邀克勤,月半饮孤云。
闭目游仙境,空觞怨曲终。

晨醺

千山酒万杯，万盏念千回。

夜醉湘江睡，晨醺欲展桅。

落 叶

窗摇树影知风起，月冷檐阴叶落迟。

迟早高枝残叶尽，心怀永绿念春时。

窗 外

雾漫枝头巷朦胧，雀啾檐角牖边红。

清风徐送相思近，细辨晨音到户东。

和中住岳麓春

桃树思春急，蜡梅发蓓蕾。

红尘何处岸，年少岂迟归。

夜 饮

月高风静绪无因，仙醉神迷意落尘。

檐影参差穿杪乱，乱鸦惊树怨旁人。

赋得结婚纪念之日

人间伉俪廿七年，半世风雨共陋檐。

苦是今生之必苦，甜如前世应还甜。

相依共赏当年月，结伴轻摇来日签。

想借月光三世后，欲梳云鬟觅金奁。

边　缘

风云幻化变九州，天地腾挪境遇分。

江上豪言江下死，四方无意草枯焚。

除　夕

年年今宵旧岁辞，嘀嗒钟声惜秒时。

宴罢围炉饮旧酒，春鸣破晓闹新枝。

潇 湘 神

浏水湾，浏水湾，九曲绕肠为哪般？

百转再归江海去，千回终过月楼还。

难　断

缘多难觉早,意乱苦惭迟。

犹豫翻心海,优柔思绪愁。

不堪思定日,尤甚欲权时。

迷棹频频渡,洪流滚滚之。

月　夜

目尽寒山远,楼高孤月残。

清风随入帐,永夜梦邯郸。

浏河岸柳
(和贺知章《咏柳》韵)

河清柳绿岸如刀,簇簇垂条树树高。

欲借知章春风剪,裁成嫩叶弄丝绦。

玉 兰 花

春芽不待自妖娆,满树齐芳迎春朝。

新蓓羞垂镜中影,只凭素白傲群娇。

春叹边关

晨雨行春令,掀帘看落花。

簌簌香雪泪,悠悠远山笳。

笳鼓西关壮,英灵雪域遐。

心思年少志,本可戍南迦。

金 丝 雀

四载飘摇四载舟,一笼金贵一笼愁。

声声婉转声声慢,日日流连日日忧。

春 江 愁

湘江北去又春时，多少愁思浪许知。

岸柳黄花终乱絮，风帆水棹俱成疑。

春 思

初阳却步冷云边，永夜窗淋数漏眠。

雨过梨花花似泪，风扰清梦梦如烟。

轻佻荒废青葱岁，妄想虚残少壮年。

镜里堪怜灰白鬓，自言可否再从前。

春 悔

世事浮沉早固顽，湘江北去断云山。

千杯酒醉名川蜀，万里冰封破铁关。

数载心怀少年傲，一朝镜满老年斑。

燕歌才奏春来赋，岳麓将迎酷暑艰。

春 盼

喜鹊今晨唤俏枝,心思夜梦遇祥时。

湘江北去燕山碧,春燕南归楚雨宜。

束发休藏霜白鬓,畅言竞诉无尽思。

鲲鹏正举齐京麓,饮罢豪情壮帝师。

早 春
(次韵香港诗词学会会长林峰先生《早春》)

浏河烟雨柳条风,嫩杪含羞水中笑。

两岸青青新草地,几丛墨墨旧蓬蒿。

梨花带雨润枝绿,桃树含媚红装俏。

细问湘江终入海,楼东翘首望候鸟。

读永嘉四灵有感

往昔云游在永嘉,四灵学圃野山遐。

江湖诗怨南庐命,宦海身期乐陶然。

夜雨晨晴思永日,鬓霜镜老惜残花。

常哀气数天不假,谁可狂涛起落沙。

春 惑

一样春风南岸绿,芳姿弄柳落花吟。

归来燕子巢依旧,檐下听闻换口音。

兴起友信
（我有一斛春,不知赠何人）

闺藏一斛春,意欲赠何人。

纵使庭幽静,墙头沁芳真。

花　影

青涩花中影，花羞更妒人。

无心春媲美，随性就天真。

听　雨

夜雨初难静，吟诗总断肠。

依依窗上影，滴滴瓦间珰。

浪起无边岸，欲静暗数羊。

忽闻徵羽声，闭目任清锵。

赠　友

半生商海梦全消，何必残年再入朝。

回望千山依旧在，前瞻小径却清寥。

年华流逝心情旧，春燕归来趾气骄。

出入厅堂言主客，高鸣怎可自鹏雕。

久雨初停

久雨初停窗上绿,清风徐送芳草新。

推门吐纳霉潮气,笑我蜗居鸟叫频。

春　岸

轻阳碧树油油绿,垂柳随风熠熠明。

犬吠争相驱岸鸟,依偎翁媪笑言轻。

登九仙山

春风鹏举夜栖榕,好雨清凉偶暮钟。

五福城中千盏少,九仙山下万思恭。

祥云瑞气三清殿,鸟语花香两塔松。

欲借灵缘开要窍,云梯直上状元峰。

皓月当空

清风徐入夜,橘月在梢头。

不必成三影,无须孤一舟。

登楼唯养目,散绪任浮游。

怜此千年月,空招仙圣忧。

感 时

春来春去时相近,意叹意伤情也同。

可惜黄鹂鸣柳后,再无鹊戏树姿穷。

清明归乡

层云密密缝天幕,微雨绵绵湿客心。

清早铁龙犹未醒,身虽在彼心归郴。

风雨知春

雨打桐花落,风吹原草丰。

隔窗思妙雨,踏绿采春风。

春 意

雨斜风徐鸟惜鸣,烟深水远柳娉婷。

几窗难关蒙蒙境,一伞轻开郁郁青。

惬意新翻泥草气,忧心刚落琼花英。

孤舟临岸无人渡,可否听任桨自横。

春 雨

时雨连三日,园林叶秀青。

燃香书趣久,推牖眼昏瞑。

几欲临春意,多情谢雨频。

楼前薇蕾重,盼日耀门庭。

自 在
（借句"腹有诗书气自华"）

风雨无常物有瑕，平生起落似游槎。

心存善念言犹悯，腹有诗书气自华。

静处闲庭知万象，兴来妙笔绘千花。

何须顾盼他山景，天上浮云水底沙。

兰亭怀古
（次韵香港诗词学会会长唐大进《过贺兰山》）

流觞畅饮曲环溪，醉笔羲之几世迷。

漫步兰亭心颤颤，寻思旧径马嘶嘶。

书行飘逸风依水，笔落淋漓燕啄泥。

开卷千番寻妙境，临池万遍探端倪。

久别昆明

彩云飞凤到春城,廿载不闻滇语声。

又是傣家花酒醉,仍然傣味鬼鸡烹。

异花锦簇不同道,奇鸟争鸣各样音。

身若主人非宾客,花香梦里早田耕。

归家赏薇

离家三日春乍来,朵朵红英簇簇开。

滇旅奇花词已尽,无须造语胜蓬莱。

谷雨知春

谷雨知春暮,拾花闻柳烟。

浮风分水岸,乳燕飞村田。

点点青蓑笠,层层阡陌连。

鸣鸡连破晓,地气透余年。

久雨月余

久雨春芳沥,燃香心自静。

烟云无旧趣,此地胜江南。

荷花木兰

轻摇细蕾雨纷纷,只待暖阳绽芳华。

落尽春芳忧万绿,白莲满树唯荷君。

九 春

九水充盈喜雨渐,春阳腼腆总来迟。

残花落蒂咽咽泪,碧柳吹丝郁郁姿。

燕舞青禾农事紧,虫鸣茂野夜谈迟。

庸人自扰春将尽,愧对韶华烂漫时。

野　趣

春山浮绿水，天地气亨通。

日碧新禾野，风淳古寨空。

迎门宴稀客，围座陋词翁。

久慕仙家好，常愿醉此中。

古　樽

初夏清风晚，微醺梦古轩。

酒中思岁月，碗里悟乾坤。

举盏千年夜，怀才万斗言。

同谁缘雅趣？共醉此方樽。

余悸

暴雨狂风作，惊雷大地哮。

黄莺鸣湿瓦，雏燕困倾巢。

夜树翻江海，晨心乱卦爻。

无聊云倏散，苦笑自旁嘲。

小庆幸

好雨合人意，大风催野归。

推门雨忽骤，摇椅啜香茗。

星城初夏

沿岸清晨迎初阳，浏河风动百花香。

机船巡岸红旗荡，静水平波绿柳扬。

细雨连连初夏日，舒阳灿灿暑城凉。

风和气爽门前净，最是今年好景光。

黄昏独坐

清风徐送晚,独坐欲归迟。

意任塘蛙跳,心随岸草思。

悠悠湘水远,淡淡暮霞离。

都是乾坤客,随缘共此期。

闺　愁

家犬平明吵断魂,将厨就扫褥还温。

娇儿唤母频频顾,叹息良人出远门。

雨　城

淅淅沥沥雨霖霖,漉漉星沙乱客心。

初夏难觅半日晴,忧忧郁郁复泪涔。

岳麓一梦

岳麓原非客,经年似异乡。

浮云三载地,沉梦一壶浆。

郁郁情如旧,凄凄意已凉。

何因难遁去,枕上是潇湘。

芒种清晨

金晨六月早窗明,柳岸蛙鸣和鸟声。

燕舞禾香风里送,炊烟袅袅入田耕。

夏午闲坐

闲来坐守风轻拂,雀鸟争枝叫影单。

万籁有声心却静,俗人半醒更悠然。

新得元代酒盏品赏

元盏初醅酒,悠闲二老慈。

艳阳窗照晚,冰凝味犹存。

暑 午

湿气蒸林透,群蝉闹午齐。

云沉窗幕厚,山重水势低。

断续闻鸣鸟,迷糊过旧题。

今兮人各去,无奈叹何兮。

老院青荷

老院庭深壁树高,风尘乱草扫僧劳。

蝶飞来往稀诚意,蝉鸣入耳满地噪。

炎暑凭空生闷气,青荷无心陷泥淖。

无言默守幽渚地,滤罢清流濯碧绦。

梦 境

夜榻连天宇，群仙降俗庭。

华音排艳舞，美酒醉荤腥。

君子堂前候，素人园外临。

无心登圣境，只愿倾耳听。

夏 晨

闷晨风意慢，密顶暑云稠。

犬卧门还懒，蝉噪树不休。

得盏底留书南宋瓷碗

此盏今宵醉，风清慢慢研。

哪年书墨宝，谁字撰尘缘。

唯用春前酿，方成月下仙。

烛光窗上影，一品过千年。

大姐遥寄家乡奈李有怀

郴城大姐传家讯,远送乡时奈李鲜。

一口滋味惊翡翠,满唇爽清赛神仙。

薄皮未净口生津,细核忘吐难止涎。

非是香甜馈客弟,分明乡土暖人心。

夜雨清晨

夜雨送风凉,晨莺喜唤床。

窗前何闹早,齐舞院中央。

无 题

浮云蔽日午蝉频,古刹游僧梵课新。

墙外闻得钟声响,缘何此刻惹红尘。

月 楼 思

天高云淡月楼风,灯比繁星水映穹。

闭目神游缥缈境,灵台蝉闹俗家翁。

温情门里情相异,美梦床头梦不同。

长夜无眠千载客,今宵最苦在江东。

神游湘水

半路邀登湘水船,临风对饮麓山泉。

落帆西岸钟声晚,迎客声淹几树蝉。

咏 蝉

初阳透曙凭窗探,幽怨清晨梦正酣。

永夜合欢喧盛夏,蔽空齐唱震香楠。

千年同咏谁能解,八载久藏孰可担。

纵使不鸣惊万籁,秋风彻骨遁寒蝉。

蔷薇枝头蔓凌霄

蔷薇开数载,蔓杪旅凌霄。

今夏新颜色,来春花更娇。

浏阳河岸柳

浏河多岸柳,岁岁每丛新。

夏涝堆肥沃,冬残备盛春。

悠悠湘水去,默默客船濒。

多少离情逝,留枝第一人。

八一有怀

少壮从军梦,戎装立志坚。

多惭空父志,遗憾鬓已斑。

巨舰穿东海,神机探藏山。

雷霆天地震,谁敢扣边关。

词曲

渔歌子

冬隆阳残鸟群飞,江清云重钓孤垂。

闻犬吠,老相随,人影依稀笑相归。

渔歌子

晚照清风乳燕归,时闻欢声钓叟回。

起灶火,炸姜丝,鲜滋入味鳜鱼肥。

思帝乡

三月游,白霜都满头。

渡口先人今在,不需愁。

后辈齐家尽道,正风流。

惜客兄难去,下年谋。

长 相 思

长相思，在星城。

万里鹏程泪无声，伊人独坐月独行。

孤灯闺冷思难尽，不见门前梦里城。

桃李初开在远程。

欲乘青冥之飞凤，敢骑渌水之游龙。

家乡遥遥梦飞迢，父母情深爱永恒。

长相思，泪纵横。

定 风 波

兵马难齐号角鸣，奈何虎啸伴龙吟。

姑且强登碉楼咤，谁怕？身披铠甲胜三兵。

谷雨春风疆战紧，挺进！旗鼙鼓顶峰迎。

回首再思忧虑景，甚幸！夜来骤雨日东晴。

菩萨蛮

声声铃逗惺忪眼,枕沉残梦嫌窗透。

起坐弄云丝,翩翩不惧迟。

简妆香面笑,镜里花姿俏。

纤指翻书页,气度自成骄。

菩萨蛮

良驹十六风和雨,浮生半百留还去。

世事本如常,何须泪两行。

客窗窥倩影,栏外对愁眠。

遥听马声嘶,闭窗镜泪啼。

清 平 乐

金阳煦煦,叶叶婆娑趣。

半点清风人微醺,一框净窗温晤。

茶凉半盏烟残,相思鸣鹊西山。

巢暖燕归何处?昨夜孤冷两端。

清 平 乐

秋庭清早,河岸风含草。

昨夜微醺陈酿好,晨兴步惊宿鸟。

妇勋厨灶香飘,儿酣书案灯宵。

双犬鼾声彼伏,似梦残羹鸡毛。

清平乐

窗啾倦鸟,难静庭春晓。

昨夜梨花零落飘。

夏何急、春日少。

桃羞只恨春迟,客孤常咏春思。

谁料落花流水,雨如絮迹无丝。

画堂春

落花楼阁扫难持,残红风摧泣泣。

每年春盼恨春迟,无奈莺啼。

轻踏阶台偷画,倚栏漫数花枝。

几梢无语落幽思,孰可言知。

宴桃源·乘糯

乘糯晨期归醑,

玉盏笑嘘尘度。

叹岁去春秋,频数堂争朝妒。

且住,且住,

不若邀朋酣暮。

南 歌 子

梦外惊书落,偷闲休暮春。

汗潮巾枕发丝痕,起按空调,顾自问何人?

日日乾坤梦,时时弹指尘。

白驹过隙恨何存,空有情怀,惜只近黄昏。

兰 陵 王

妆城碧，楼旧丝丝裂壁。

西城望，别样熙攘，曾醉迷歌舞春色。

八楼思故策。

谁叱多年倦客？

漫漫路，冬去夏来，悸悸然忘言语默。

闲来再寻迹。

剩心碎残绩，宴半离席。

眼前成客人不识。

怕梦幻泡影，醒而如梦，回头梦外忽成怵。自幽然伤泣。

惶惑，弃良册。

念鬓发稀疏，后生何急？

斜阳催暮浮云遮。

酌清风伴月，醉怀狼毫。

再无当年，立当始不再惜。

忆江南

春将去，避焰火书台。

高木杪风摇落绿，平云楼影聚蒸霾。

无奈再春来。

丑奴儿

莲华半掩池中垢，雨打浮萍。

狼藉浮萍，垂柳摇摇幽幽情。

穷思苦作长情寄，岁岁重兴。

岁岁心惊，野岸滔滔惙伶仃。

卜算子

无意惹风尘,年迈东西赴。

昔日称兄岁月久,堪比黄金俦。

无奈再回头,岸在人非故。

故旧殷殷惙惙言,不必时时诉。

卜算子

闭户享空调,一饮咖啡苦。

不见堂前众往来,谁把今生误。

轻捻笔残丝,破卷如何补。

再写原书字却浮,落寞思天暮。

相见欢

妖风陡掠苍穹,路途穷。

万里飞鸿一夜海东风。

近咫尺,天地隔,未相逢。

一半心酸滋味半安侬。

鹊桥仙·蜻蜓

丁丁霍霍,群群错错,弄巧飞于秋陌。

晨阳斜映柳风平,岸头上、舞跶翅烁。

斜飞影若,贪婪恶雀,逐掠翻飞争啄。

凝露昨夜有谁知?清风里、翩翩翅落。

蝶恋花

廿载梦残今再梦。

半梦之间,梦里心犹痛。

得月楼台虚影动,扬帆幻海波涛涌。

前路茫茫迷雾重。

独木徐行,寸步轻轻恐。

何不借清风月空,归巢倦鸟栖田垄。

蝶恋花

南院轻风叹盛暑。

常忆春时,梅黄知时雨。

谁种青枝成碧树?彩旗声里当年鼓。

剪影游丝传旧语。

欲问何人,一瞬成烟絮。

缥缈中当庭立柱,楚歌环绕回音处。

点绛唇

忘锁车门,楼灯湿路徐徐走。

粼粼透透,疑月华开牖。

刚过微醺,深浅鞋觉瘦。

门轻叩,不惊闺秀,却扰惺忪犬。

青玉案·功迟宴

冬堂烩煮功迟酒。却难尽,空杯后。

言笑频频讥众口。声声随意,满杯再侑。

余苦轻轻受。

豪情一醉愁思漏。细看杯中惹心愁。

想问座中华发叟。餐盘将尽,空瓶时候。

归路谁携手?

念奴娇·井冈山

井冈顿首,感江山如画,秀比南岳。

追忆当年烽火里,九死一生如昨。

五井连坪,黄洋封哨,数旧楼亭阁。

英雄豪迈,历先贤古难跃。

吾辈幸甚当今,人间安泰,尽享平安乐。

若只知莺歌燕舞,何面先人而酌。

来借豪情,擎天追月,万难烟云落。

雄鸡高唱,望长城护阡陌。

少 年 游

金戈铁马启新程,雏燕欲齐征。

少年飒爽,红装俊秀,鸿雁远书呈。

将军仗剑凭栏处,旌旗鼓喧鸣。

万里连横,乘风逐马,慷慨待功成。

江城子

廿年风雨化灰霜。

退庭堂,卧西厢。

歌咏声中,情谊渐迷茫。

漫舞白纱心似水,来一曲,再三觞。

忽然杯落溅琼浆。

眼惶惶,意慌慌。

湘水无情,波浪正泱泱。

剧散曲终醺待醒,犹未尽,悔无央。

天净沙

麓山老院谁家,

楚庭燕殿群鸦,

一举三千凤驾。

几番冬夏,

落风尘浪淘沙。

别怨·老洪山桥爆破

犀利雷霆。

彩漫汀、挥绝湘浜。

飞渡南北岸,烟消五十载无形,

只剩洪山寺鼓鸣。

忘却蹉跎事。

仍然、水挹山灵。

三湾九曲,滔滔河水难平。

看飞天凤舞,神奕奕、忆曾经。

夕殿沐冬阳,窗风已渐凉。

客心千百念,兰意自孤芳。

春光好·拜大年

燃竹紧,鹊鸣频。

唤财门。

牛气满檐开牖户,笑迎春。

春暖花开辞旧,家齐事顺怀恩。

欲乘高阳行万里,贺朋亲。

浪淘沙

窗外又残阳,春景才访。

清风徐送晚钟凉。

近岸孤舟灯闪闪,归鸟成双。

何不弃空觞,随意披裳。

悔伤许半步彷徨。

春意待桃花艳艳,黛玉柔肠。

如梦令·元宵

今日去年依旧,冷雨清寒春透。

无意挂谜灯,三五诵诗举酒。

击缶,击缶,高歌月圆云后。

如梦令·惊蛰

微雨轻雷蒙动,晨雀蛰虫惊醒。

窗外柳依依,人却沉酣迷蒙。

惊梦,惊梦。

梦里蝶飞烟笼。

浣 溪 沙

一遍新芽旧院来，四周老树似重排，

雕梁画栋暗陈苔。

春暖春情情聒噪，时阳时雨雨徘徊，

欲归北燕抖尘埃。

水调歌头·雨中江阁

世事万千异，常若水无形。

一朝明智惊悟，回首笑曾经。

越急登台揽胜，越遇前途泥泞，何处不菁菁。

无意风扶柳，心静岸吹笙。

离古刹，但轻棹，且徐行。

不知梦醒何处，烟渚似蓬瀛。

千里千寻千转，回首伊人颦笑，缘是自多情。

岁月依然老，心里一泓清。

汉宫春

黯黯神伤,老园怀春早,却厌春霏。

几番风雨花谢,来去匆匆。

无情流水,尽吞没、花落无穷。

春请住,草侵无路,只听蜂鸟嗡鸣。

轻诉阳春白雪,可佳期已误,料已成空。

浮云又织幽梦,蜜语侬侬。

风流虽老,君不见、帷幄之功。

空叹惜,斜阳已现,伊前只见顽翁。

留春令

雨雾江南,水天无边,哪寻春处。

素颜迷离,清晨半醒,恰好无心顾。

梦里青青江岸树。绿柳扬春暮。

如何了得,心花未起,怎理千丝缕。

春光好

晨阳暖,柳风清,欲偷闲。

喜踏岸堤神奕,此春怜。

亮水好山心处,花香鸟语林间。

言尽春光无限好,快争先。

饮马歌

春来风树晓,柳绿浏河道。

步忧孤行老,困因何方小。

小心思,当少童,笑看虚言告。

老来俏。

雨中花令

镜里摘丝未就,雷滚凉风入袖。

一树清新春雨过,见鬓灰依旧。

莫妒嫩芽翻绿薮。

满地是、叶残花瘦。

可惜了、半生维念好,却尽芳华后。

眼 儿 媚

风雨无边惜春阳,烟柳绿成行。

欲飞白鹭,对鸣黄鸟,

笑叟无章。

千年诗里多春叹,却更喜春芳。

好风好雨,满窗妩媚,

满目琳琅。

踏 青 游

春雨绵绵,洗净绿梢幽草。

半透着、灵香缥缈。

步轻轻,心戚戚,偶闻鸣鸟。

阴阳道,

烟笼雾深路绕,隔断几家翁媪。

半百贫生,竟是一家年小。

念长姐、苦撑家早。

聚门庭,思父母,城南欢笑。

齐追悼,

此当良宵过了,便是共迎春晓。

伤春怨

又雨星城漏,日日花期空守。

半蕾散残英,恼了多情翁叟。

暮春还多久?可惜花枝瘦。

岁月总磨人,可待否?谁知否?

甘草子

春俏,

雨顽风妒,常掩春阳道。

怨雨无情扰,芳尽空春杪。

怜满地英落休扫,

拈一片,藏书记悼。

窗外青青嫩幽草,任你来还笑。

望江怨

江城叹，梦魇终消汉江暖，

春来犹灿烂。

却难平九桥封断。

两年返，夜话忆亲情，惜阴阳两半。

破阵子·忆童年栖凤渡

古渡鱼鲜栖凤，老桥苔厚藏思。

几梦回肠郴水畔，昔日街头石鼓狮。

昔顽童旧骑。

早岁旧情难忘，半杯余酒便痴。

桥洞戏河裸洗晚，田埂归牛背睡迟。

无边快乐时。

破 阵 乐

岸风送晚,霞云互映,行柳成景。

美景浏河独享,看白鸹鸣啸头顶。

澄水粼粼,波痕半染,回旋任凭。

步长堤、三五群游众,一人牵欢犬,轻轻跑步。

熠熠芳裙,万千气象,良辰何胜?

乘兴。入夏黄昏,归巢宿鸟,天渐暗,风更静。

昔日繁花皆落尽,水岸草青矶冷。

欲蛙鸣,飞蛾戏,参差树影。

万物皆行其道,岁岁年年,风风雨雨,

营营生众,唱咏多少豪情,却无此幸!

如梦令

昨夜狂风惊梦,电闪雷鸣雨重。

起卧意空空,何以频频心恸?

谁懂?谁懂?无欲无辜伤痛。

太常引

琼浆玉液共佳肴。欢畅尽良宵。

听语浪滔滔。不经意、杯杯绿醪。

难消残酒,晨红颊面,目眩半神飘。

纵昨夜情豪。言未老、铮铮佩刀。

虞美人·京戏

无言漫拈花枝惑,鼓点时相迫。

任凭酷吏苦摧残,依旧漫不经意、泪阑珊。

酒筵已散豪言在,花面妆颜改。

燕歌京舞楚楼台,戏里欢声笑语、做闲谈。

虞 美 人

寻香风里凭栏处,眉锁怜花顾。

青丝慢绾鬓霜含,红颜春风粉面、似微酣。

当年妩媚今犹在,只是心情改。

老楼笙管舞平平,漫看嫩姿形稚、几多春?

醉花间

情难却。义难却。难却空心虐。

杯酒妙生花,托醉无人觉。

晨风吹花错。梦里无花约。

花落苦者何,心已还阡陌。

醉太平

对窗意懒,云轻夏满。

两重天气一墙断,茗香檀风软。

南园草碧树高展。

楼欲静,蝉声乱。

北望苍鹰更飞远,待归恐将晚。

采桑子

窗前云卧闲楼顶,一半涂金,一半含阴,

碌碌庸庸楼里心。

平常几树鸣蝉续,楼外高音,楼里沉吟,

一寸豪情一寸灰。

风入松

少年无欲势何藏,谁比楚生狂?

大鹏万里凌云志,誓不休、风雨炎阳。

平步瞬间沉醉,满怀无限思量。

风云频起日凄凉,吞泪眼回肠。

山高云断挥残羽,到如今、空剩难忘。

消尽风尘花彩,梦回清月兰堂。

离　愁

天道之苍苍兮，何独美之难行。

心缠绵而终绝兮，忽恍然其焉极。

将远离而轸怀兮，沿独木以临渊。

翘首而西望兮，隔湘水其难涉。

顺麓山而目寻兮，云立广厦而不见。

驱车缓缓而往兮，心郁结恐将近。

入长门之情乱兮，渺茫不知其所躔。

望高榕而太息兮，吞泪水而强欢。

坐方寸之久居兮，涕泗横流而沾衣。

弃鹏程而立拥兮，缘高德之明道。

沐春风而兴起兮，发心志以赴命。

风云突变而崩离兮，悲孱弱其无力。

乍起北雁南顾兮，喜半老得济贫生。

竭满腹之激情兮，欲逐梦而复兴。

惜泱泱之广瀚兮，叹微渺其奈何。

佯戚戚而不遇兮，借微醺以明志。

恨碌碌而无为兮，匿诗书以安守。

惭忐忑而愧友兮，寡言行以避错。

终决之不决兮，若久飞之落鹰。

望湘江之浩荡兮，濯碧涛以夕阳。

再振羽之孤鹏兮，藐泗渡其焉如。

朝汲香草之清露兮，夕枕墨兰之余润。

日驰骛以逐梦兮，夜法古以修己。

赠北举以蕙纕兮，织南途以芷锦。

乱曰：曼余目以遥望兮，浩浩湘水之一瓢。

二十年之一瞬兮，吾生之半遭。

与其惨郁不通兮，不若坚履而共号。

春晓曲

窗前昨夜雷声急。

落花吟,容貌失。

鹊鸣晨树更青青。

落尽风尘何戚戚。

凭栏人

冷雨春楼夜不休,

烟柳梨花三样愁。

多情装满楼,却思何处忧。

平 湖 乐

轻轻花雨乱春江，侧目迢迢望。

无奈空空水波漾，

一丝凉。

凉风无意行微浪，

蓦然相看，心空眼底，

随处是芬芳。